천 년 후에
읽고 싶은 편지

서 대 선 시 집

Peoms by Dae-Seon Seo

천 년 후에
읽고 싶은 편지

새미

서울 생활을 청산하고 시골로 이사를 하게 되면서 나는 유리창이 큰 집을 원했었다. 설계사에게 특별히 부탁했던 것이 거실에서 밖의 풍광을 훤히 내다볼 수 있는 커다란 유리창을 내달라는 것이었다. 주위 자연 환경을 무너뜨리지 않도록 평이한 집을 짓되 창문이 큼직한 집-내가 원한 집은 그런 것이었다. 창 넓은 거실에 앉아 맑고 밝게 세상을 바라보면서 생의 후반을 살 수 있었으면 하는 것이 내 작은 소망이기도 하였다.

나는 지금, 거실에 앉아 멀리 산등성이에서 떠오르는 해가 마루 깊숙하게 비추어 오는 것을 바라보며 커어피를 마시고, 밤하늘에 솟아오르는 별들을 하나 둘 헤이며 망연히 앉아 있을 수 있게 되었다. 나이 들어가면서 지니게 된 복이라면 복일 수 있겠다.

시인과 결혼해서, 아이 둘을 낳아 기르고, 강의하러 다니면서 내 전용 블로그에 틈틈이 짧은 글들을 남기곤 했었다. 형식 없이 남긴 글들이 몇 백 개쯤 쌓이게 되었다. 이 책에 실린 글들은 내 블로그에 쌓인 글들 중에서 고른 것들이다.

나는 아직 시가 무엇인지 모른다. 그리고, 여기 실린 글들을 시라고 생각하지도 않는다. 다만, 살아오면서 여실하고 절실했던 순간들을 기록으로 남기고자 했을 뿐이었다.

나는 시를 정식으로 공부하거나 지도를 받아본 적이 없는 사람이다. 다만, 시에 몰두한 시인의 모습을 넘겨다보면서 저렇게 살고, 저렇게 생각하고, 저렇게 백지를 메꿔가는 것이 시의 길인가보다 추측하면서 어두운 내 눈을 닦아내곤 했었다. 그러니까, 이 책에 실린 글들은 시인 남편 등 뒤에서 그의 작업을 넘겨다보면서 눈동냥, 귀동냥으로 따라가 본 삶의 기록일 뿐이다.

살아오면서 느끼는 내 행복 중엔, 이런 것도 있었다. 한 밤중이거나 새벽녘 시인이 잠든 나를 흔들어 깨울 때가 있었다. 남편에게 시가 와서 그것을 한 편의 시로 이뤄냈을 때인데, 그는 나에게 자신의 시를 소리 내어 읽게 하고는 어설픈 내 시평을 듣기를 원하곤 했었다. 시인이 쓴 시의 첫 번 째 독자가 되는 기쁨은 생애를 통해서 내가 지닐 수 있었던 큰 행복 중의 하나라고 말할 수도 있겠다.

내 블로그의 열혈 독자들인 아이들의 강권에 못 이겨 떠밀리듯 책 한 권을 엮어내게 되었다. 갑년을 맞이하게 되면서 너무 부끄럽고도 과분한 호사를 누리게 되었다. 이 책에 실린 글들은 내 삶을 되돌아보는 반성의 기록인 셈이다. 그리고, 시에 바치는 존경의 목소리이기도 한 것이라고 생각한다.

봄을 맞아 온 몸의 세포 구석구석으로 물줄기가 퍼져나간다. 내 몸과 마음도 촉촉하게 젖는다. 큰 창으로 세상을 바라보면서 더 밝고 맑게 보고 듣도록 노력해가려 한다.

2009년 4월 이천 양촌리 모가헌에서
서대선

차례

1

가난하여라
나의 사랑은

천 년 후에 읽고 싶은 편지

덮어주세요
아직 온기가 남아있는
제 육신 위로

눈물과 회한과
절절한 그리움을
붉고 붉은 비단위에
써 내려가신
그 마음으로 저를 덮어주세요

당신의 마음이
징검다리를 건너
복사꽃 만발한 과수원을 지나
까치가 제 먼저 알고
까악까악 우는 마을 어귀를 지나
제게 오실 그리운 당신
이제 우리가 되어 미래로 가는
시간 속에서
당신 마음을
이불처럼 덮고
천년 동안 춥지 않을 거예요

보랏빛 쑥부쟁이 흐드러진 둔덕에
철 늦은 나비 찾아 드는 날
모습도 희미해진 봉분 위에 기대어
내 살점과 당신의 눈물로 쩔은
붉은 비단에 씌어진
당신의 마지막 편지를
읽고 싶어요
천천히, 아주 천천히

비너스의 탄생

돌 거북 등에 업혀
도착한 바닷가에는
황인종의 개*에 이끌린 눈 먼 사내가
울부짖고 있었는데
절망의 사내가
토해내는 슬픔이 해당화
꽃잎처럼
파도 위로 흩날리고 있었다

눈 먼 사내가 소리쳐 부르는
이름 하나
파도에 실려 출렁이는데
아득한 전생의 낯 익은 소리 따라
해당화 붉은 꽃잎 포말지는
파도를 가르며
눈 먼 사내가 휘이 휘이 내 젓는
절망의 손을
잡는다

* 이건청의 시

달에게 묻다

언제쯤이면
나의 생인손인 너
위로
보오얀 초승달 품어 안은
고운 손톱
돋아날거나

입맞춤

황금관이 열리고
햇살 아래 공기와 공기 속에 떠도는
미세한 수분으로
아마포 속의 나는
빠르게
부식되어 갔다

가난하여라 나의 사랑은

옛날에 옛날에
대장장이 예쁜 딸이
있었는데요
대장장이 아버지가
하루 종일 풍구질하여
피워 올린 빠알간 불에
망치며 낫이며 호미를 만드느라
어깨에 금이 가도
식탁엔 늘 피죽 뿐이었다지요
대장장이 착한 딸
발이 부르트도록 산과 들을 헤매어
봄에는 나물 뜯어
병든 부모 봉양하고
여름엔 들일 나가 피 흐르는 손으로
보리를 샀다지요
가을엔 온 산을 다람쥐처럼 오르내리며
도토리랑 밤을 주워
겨울을 견디다가 눈 쌓인 겨울날
사냥 온 도련님과 사랑에 빠졌다지요
떠나면서 비단구두 사온다던
도련님은 소식도 없고

다시 벚꽃지고 들판을 휩쓰는 장마처럼
울다가 고운 육신 낙엽되어
툭툭 떨어진
폭설의 어느 겨울날
붉은 피로 온산을 물들인 채
스러졌다지요

오지 않는 사랑을
기다리며
붉은 마음 흙 속에 숨기고
그리운 보라빛되어
가을부터 웃고 있는
아니
울고 있는
쑥부쟁이 꽃

가시나무 새

히말라야 산 중턱에
는개가 자욱하다
한 걸음, 두 걸음, 세 걸음
그 다음엔
두 무릎을 꿇고 두 팔을 쭈욱 벌려
엎드린다. 가장 낮은 자세로
일 천 배
버린다 애착을

흙냄새 가득 폐 속으로 들어 온다

한 걸음, 두 걸음, 세 걸음
그 다음엔
두 무릎을 꿇고 두 팔을 쭈욱 벌려
엎드린다 가장 낮은 자세로
다시 일 천 배
버린다 집착을

눈 앞에 굴러다니는 흙덩이가 바위로 보인다
한 걸음, 두 걸음, 세 걸음
그 다음엔

두 무릎을 꿇고 두 팔을 쭈욱 벌려
엎드린다 가장 낮은 자세로
삼 천 배
눈물어린 기억들
버린다

넘어야 할 히말라야는
아득하고
남은 건 길과 나뿐
길도 버리고 나마저도 버리는
그 날

세상에 박힌 가시마다
은종을 달아주고 싶다

숨어 우는 바람에게

너와 함께라면
길을 잃어도 좋다
차마고도 소금마을
소금 짓는 소녀야

사방 천리 계곡뿐인
차마고도 소금 마을
해 뜨면 소금 물지게 지고
산양처럼 소금밭을 오르는
소녀야,
볼이 빨간 소녀야
고단한 어깨 위에서
비틀거리는
네 물지게
대신 지고 싶다

은하수 내릴 때 까지
소금 짓는 튼 네 손
따스하게 품어주고 싶다

선들 바람 불어와

소금밭이 하이얗게

메밀꽃으로 흔들리는 밤

차마고도 은하수 속에
눕고 싶다
너와 함께

갈라파고스

신열처럼, 신음처럼
바다 위로 토해낸 마음의 조각들이
바다 위에 점점이 떠 있다

뜨거운 마음을 조금씩
다독이면서
파도의 기도를 배우며 견디었다
마실 물 한 모금 없던
결핍의 섬에서 이슬을 모아
상처에 바르고
빗물로 풀씨를 심었다
화산재 가득하던 마음에 초록 이끼를 키웠다

오늘밤
갈라파고스 자이언트 거북이가 되어
가고 싶다
가서 길을 잃고 싶다

떠나자, 추억이란 이름의 기차를 타고

카푸치노 커피의 휘핑크림 같던
입술을 기억하자

참지말자 숨기지도 말자
아프려거든 열에 뜰 떠
진땀 흘리며
아프자
쓰라리면 사랑과 나누었던
영혼의 입술로 핥아 주자

그래도 그래도
눈물이 나면 기차를 타자
떠나자

가서 오지 않는 사랑이
내렸다는
추억 역으로

빗살무늬 토기의 추억

리라*를 켜던 네 손가락은
길고 부드러웠다
진흙 뻘에 엎드려 있던 나를 깨운
너의 손길은 너무도 섬세하고
조용하여서
젓가락 잠자리의 날개가
흔들리는 것 같았다

서늘한 바람에 내 몸을
말리면서
젓가락 잠자리 날개가
스치듯 네 손이
리라의 현을 켜면
보랏빛 수국들이 공기 속으로
흩어졌다

느릅나무 그늘 아래서
네 팔 베개를 베고 누워
꿈꾸는 동안
흔들리는 잎 사이로
햇살이

빗살무늬를 새겨주었다

내 안에 가득한 너의 손길
리라의 현이 떨리고 있다

* 리라--고대 악기로 하프의 일종

화석

너 없는 세상에서
내 마음엔
늘
비가 내렸다

비가 올 때 마다
서러운 마음의
한 귀퉁이가 허물어져
하류로 흘렀다
하류에 쌓이던 눈물이
퇴적한 삼각주

너와 함께 하던
금빛 시간의 물살을
거슬러 오르며
햇살 가득 머금은 수초의 향기를

저녁놀에 붉어진 얼굴로
흐르는 강물에 마음을 식히던
자갈돌들의 두근거림을

해가 서산을 넘어가던 시간
전신으로 강물 위로 날아 오르던
피라미들의 눈을

간직하고
견딜 것이다

추운 세상
이 빙하기를 견딜 것이다

끝도 시작도 없는

해 지면 달 뜨는 가
달이 지면 해 뜨던가

너는 내 뒤에
나는 네 뒤에

끝도 시작도 없는
너와 나의 사랑은

아침 이슬

가리 가리라
그믐 밤
네 향기 따라
가리 가리라

별들이 지상에서
목욕하는 시간
네게 가리라
별들이 들찔레 속에서
날개옷을 입기 전
가리라

하이얀 네 향기 아득하다

눈물 나고나
내 안에서 반짝이는 네가

몸 안에 가득 박힌 네 가시
온 몸으로 앓으며

기화해가고 싶다

너를 퍼지(fuzzy) 한다

형상기억 합금으로 된 속옷을
한 번 입으면
기억 한다
나의 온도, 나의 크기, 나의 모양을

세탁기 속에서 물과 세제에 섞이어
다른 세탁물들과 굴러도
빨래 줄에 널리어
따가운 햇살 속에서 몸 속 눈물의 강이
증발하여도
장롱 속에서
몇 날 며칠을 홀로 있어도

기억 한다

형상 기억된
너와 나의 푸르렀던 시간을

너를 찾아서

보름달처럼 차오른
눈물 끌어 안고
강가에 갔다네

너를 그리며
새들의 소리 들었네
새들이 놀라지 않도록
조심조심 나뭇가지 사이를 지나
강가로 가는
바람 소리 들었네
바람이 강물의
가슴에 얼굴을 묻자
천 개로 갈라지는 바람
천 개의 소리로
속삭이는 새들의 귀엣말

천 개로 쪼개지며
떨어지는 눈물 위로
흔들리며 갈라지며
천 개 소리로
속삭이는

네가 흘러가고 있었네
강물 가득 네 눈빛 그윽하네
예쁜 네 보조개가 여울지네
보드라운 네 입술 아기처럼 투레질 하네
안기고 싶던 네 어깨가 기울어지며
두 팔을 벌리네
그리운 것들이 은빛 비늘이 되어 퍼득이네
바람이 되어
새가 되어 속삭이는
천 개의 강 속에
보름달이 그리움을
쏟아 내고 있었네

그대와 함께 꽃차를

오서요
그대와 함께 꽃차를
나누고 싶어요

얼음장 밑으로 개울물 소리
소근 거리는 이른 봄날
이파리보다 꽃을 먼저 지상으로
올리는 생명에
눈물 글썽이며
천둥치고 벼락 떨어지던
한 여름의 포효 속에서도
미소를 잃지 않았던
젊은 날의 뒤안길에서 묵묵히 모은 햇살
남은 가을, 겨울을
햇살 한 줌 꽃 주머니에 채우고
고개 끄덕여주는
꽃차 한 잔

오서요
먼데서 낙엽이 하나 툭
떨어지는 소리 벗하여

그대와 함께
향기로운 화엄에 들고 싶어요

대낮에도 네 꿈을 꾼다

빠알간 사과를 두 손으로 감싸 안으면
손가락 사이로 햇살이 스며 나와요
손가락 사이로 뚝뚝 떨어지는
햇살을 핥아먹으면
햇살을 타작하는
볼이 빠알간 네 가슴이
흔들리네요
두 손 안에 사과가
흔들리네요

트럼펫 소리가
가득한 하늘에
볼이 빠알간
네가
뭉게구름으로 빚은
사과를 건네 주네요

한 입 베어 물고 싶어요

중독

그렇게도 다짐했건만
돌아보지 않겠다고
후회하지 않겠다고

소금기둥*이 된 채
아직도
세상을 향해 고개를 돌리고 있는
마음이여.

* 롯의 아내가 소돔과 고모라에 둔 것들에 대한 욕망을 버리지 못해
  소돔과 고모라가 유황 불에 탈 때 뒤돌아 보지 않겠다는 약속을 어
  기어 소금 기둥이 됨

외출

너를 가슴에 달고
빈 들판을 지나 마을로
가고 싶어

문을 굳게 걸어 잠근 마을에선
밤마다 제 가슴에 채찍질 하는
소리가
골목길 모퉁이 전신주에서
웅웅거린다

가시 풀 뜯어 옷을 짜면서
흐르는 붉은 피로
네게 물을 주었다
가시 풀 속에서 싹튼 너는
꽃까지 피우고는
가시 풀 옷으로 온 몸을 감싸도
네 향기는
가리워지질 않네

나를 유폐 시킨 나의 오두막에서
오늘

너를 가슴에 달고
빈 들판을 지나
마을로 가고 싶어

길목마다 노란 리본을

묻지 않을 거야
어디에 있건
무엇을 하든
어떻게 지내든

숨죽이며 바라보던 반디불이
눈 속에서도 따스하던
복수초나 솜다리꽃을 만나러 달려 가던 시간들
미명의 바다로 목마르게 내려앉던 새들
그리고
낯선 곳에서의 일박

천 개의 등불처럼 빛나던 시간들
우리가 함께 물 주던 시간의 꽃을
지금도 네 책갈피에 간직되고 있다면
어디에 있건
무엇을 하든
어떻게 지내든

기억해 줘

어디선가
널 기다리는
내일이 있다는 걸

전보를 치다

별 볼일 없이 지나간 하루
잠은 오지 않고
창문을 열어 하늘을 본다

별 볼일 있는 것처럼
가만히 두 손을 모으고
별 하나에 송신을 시작 한다
기지국은 없어도
나의 텔레파시를 받는 별에게
약속은 없어도
무한 창공으로 쏘아 올리는
모르스 부호

백만 광년 후에 도달할 전언
널
사랑해

2

제비꽃을
든 소녀의 프레스코화

네가 나를

나를 있게 해
그레트헨*
네 눈물이
나를 있게 해

너의 탄식
너의 기도
너의 눈물이
날 있게 해

부서진 나의 육신
부서진 나의 영혼
푸슬푸슬
두 손 안에서 흘러내리는
전 생애를
붙잡고 울어준 네가
아직도 마르지 않는
샘이 되어
명사산* 모래 알갱이들이
노래 할 수 있는 것을

* 그레트헨-괴테의 파우스트에 나오는 여성
* 명사산-중국 실크로드에 있는 모래산

제비꽃을 든 소녀의 프레스코화

네가 떠난 후
꼭 깨문 입술에선 언제나 피가
맺힌 채 터지고 멍들어 있었다

마음의 멍 자국 아직 선연한 봄날
보라색 원피스를 입은 네가
긴 생머리가 여전한 네가
배경으로 서있는 거리에서
입술을 깨문 내가
눈물 그렁이며 바라보았던
보라색 원피스에
제비꽃이 피어나고
라일락 향기 나던 시간은 가고
왜 너도 전신에 피멍이 들어 보이는 걸까

보라색 아래 가려진 네 영혼의
피멍을 본 날
내 뼈를 깎아 내었다 울퉁불퉁한 상처에
석고를 짓이겨 바르고
우리의 첫 키스를 기억하는 타액으로
석고를 핥았다

석고가 마르기전 보랏빛 제비꽃을 들고
라일락 향기 가득하게 나를 바라보던 너를
그려 넣는다

색을 꿈꾸다

달래, 냉이, 꽃다지, 민들레, 제비꽃, 족두리풀꽃, 조개나물,
각시붓꽃, 솜방망이, 금강애기나리, 애기똥풀, 엉겅퀴, 얼레
지, 꿩의 바람꽃, 양지꽃, 쪽 동백, 할미꽃을 볼 것 이다

언 땅에서 귀를 열고 있는
추운 벌레

소포

오랫동안 생각 했어요
무엇을 보낼까
어떻게 보낼까
언제 보낼까

내가 좋아하는 것을 보낼까
네가 좋아하는 것을 보낼까
네가 좋아하는 것이
내가 생각하고 있는 것과 같은 것일까

퀵으로 보낼까
택배로 보내면 안전 할까
아니
우체국에 가서
옛날 아주 옛날
우체부가 마을 어귀에 나타나
까치들이 짖으면
혹시라도 내게 온 소식이 없을까
설레던 그 때처럼
포장을 하고 주소를 쓰고
우표를 붙이고 우체국 직원이

소인을 쾅쾅 찍으면
뜨거운 소인
아직도 화끈거리는 데

바람 부는 날
우표도 없는
주소도 없는
마음 하나
네게 보낸다

흐르고 싶은 날

그냥 둘걸 그랬나 봐요
흘러가게 둘 걸
흐르고 싶을 때 흐를 걸

흐르고 싶은 날
몹시도 세상 밖으로
흘러가고 싶던 날
무슨 짓을 했는 줄
아세요?
우물을 팠답니다

한 삽 한 삽
흙을 파내면서
내 안에 우물하나
가지면
목이 마른날은 없을 것 같았어요
일삼아 파내고 파내어
뚜껑까지 해서 덮어 놓았었지요
잘한 일인 줄 알았는데
목마를 일 없을 줄 알았는데

어느 날 열어 본
우물엔 물 한 방울 없었어요
돌을 던져 보았더니
텅 빈 바닥의 울림소리만
내 안에 가득 하네요

그립다 말을 할까

서걱거리던 슬픔이
외로운 처마 밑에서
겨울 햇살에 녹아 흐르는
고드름처럼
뚝뚝 흘러내리면
흘러서 네 마음에
닿을 수 있다면

아직도 그 곳에

버려진 것보다 더욱
슬픈 건
잊혀 진 거라고 하네

잊을 수 없기에
솜으로 싸고
종이로 돌돌 말아
서랍에 넣어 둔 채
꺼내지 못하는 너는

버려진 걸까
잊혀진 걸까
잊을 수 없기에
꽁꽁 숨겨 둔
기억의 서랍 속에서
곱게 포장된 채
아직도
풀어보지 못한
너는

방생

봄 날 방생하다
사자좌, 처녀좌, 천칭좌

여름 밤 방생하다
전갈좌, 사수좌

가을 초저녁 방생하다
염소좌, 물병좌, 양좌, 물고기좌

겨울 눈발 속에서 방생하다
황소좌, 쌍둥이좌, 게좌

아직도 내려놓지 못한
마음 하나
은하수가 속삭인다
함께
흐르자고

정말로 아픈 것은

가지 말란다
넘어져 다칠 길은
다시는 가지 말란다

너 있는 하늘
그 하늘 바라보며
걷는 오늘
계단을 헛 딛어
또 굴렀다

다친 무릎 때문이
아니다
상처 때문이
아니다

아픈 건 정말로
아픈 건
가지 않을 수 없는
마음인 걸

또 다른 사막

모래 언덕들이 몸을 뒤척인다
사막에 부는 바람은 언제나
처음 당도한 손님
나침반을 손에 들고
나는
아득하다

한때
사랑이 북쪽인줄 알았다
북극성에 닿으면
절대로 길 잃는 일 없는
북극성 같은 사랑이
등대처럼
기다려 주는 줄 알았다

바라볼 때마다 지형이 바뀌는
사막에서
나침반을 꼬옥 쥐고
북극성을 따라 갔건만
아 아
황사 가득한
모래 언덕만 모로 누워 있다

소나타

유리창에 뺨을 부비며
흐느끼며
유리창 안에서
바라보는 나의
세포마다 실개천을 만들며 흘러드는
너의 목소리

에스프레소 커피를
머그잔에 가득 담아
너를 보낸 내 마음처럼
쓰고 독하게
넘긴다

목구멍을 타고 흘러드는
네 눈물이
텅 빈 창자를 흘러내리고
실핏줄 따라
열두 구비를 넘고 있다

너에게로 또 다시

괴나리봇짐 하나 없이
바람 부는 새벽

바람 가는 대로
발걸음도
가볍게

사막 하나가
몸을 뒤척이고 있다

갠지스 강가에서 나는 울었네

Mo' Better Blues를 듣는다
칠흑의 어둠이 어둠에게 어깨를 기대고
캄캄한 공간을 응시 한다

문은 열리지 않는다
More and more Blues

어둠이 어둠에게 손을 내 민다
차다
어두운 세상에서
늘 어두운 조명아래
어둠은 벽 한 쪽에서
섹서폰을 응시 한다

Mo' better Blues
문은 열리지 않는다

칠흑의 어둠이 어둠의
얼굴을 묻는다

섹서폰 목이 잠긴다

유효기간

알고계신지요?
수미산을 넘어 온 바람이 문풍지를 흔들면
아직도 벗지 못한 족두리가 천근의 무게로 기울고
오늘도
풍화된 육신으로
사립문 밖으로 귀 기우려 보는 이 마음

알고계실까요?
그대 기다리는 제 마음에 유효기간은 없다는 걸

우리가 바란 것은

우리가 심은 것은
돌이었을까
씨앗이었을까

물을 주고
잡초를 뽑아주고
하루에 한 번 씩
드려다 보았다

우리가 바란 것은
진정으로 바란 것은
심을 때와 변함없는
언제나 그대로인
돌이었을까

알을 깨고 나오는
한 마리 새처럼
비상하는
꿈이었을까

눈사람 만들기

이별을 하려거든
설국으로 가자
가슴 치는
사연도 무채색으로 변하는 곳

설국에선
오늘도
모든 이별들이
희게 빛난다

이별의 크기만한
눈사람을 만들어
대문 앞에 세워 두자

눈사람은 울지 않는다

이별을 하려거든
설국으로 가자
가서 눈사람 되자

아프고 쓰린 것들이

눈 녹듯 사라지면
설국으로 가는
차표를 끊자

키스, 그 이후

왜?
동화 속에선
키스. 그 이후의
이야기는 없는 걸까
잠에서 깨어난 백설 공주는
왕자와 떠났을 까

왜
동화 속에선
키스. 그 이후의
이야기가 없을까
키스한 왕자는
왕이 되었을까

아니다.
왕과 왕비가 되지 못한
연인들이
땅 끝 마을에서
나누는
아픈 이별의 키스

또 다시 백년을 기다려야 하는
내 안의 공주

내가 모르고 있던 것

몰랐다
뼈도 삭아 내린다는 걸
육신은 벌레에게 먹혀도
너를 연비한 내 뼈는 지상에 남아
미이라가 될 줄 알았다

다만
수상쩍게도
뼈들이 수근 거리고
밤마다 망치질 소리에 놀라곤 하였다

계단을 구른 날
알았다
골다공이 이미 내 몸 속에서
내 뼈를 공양하고 있던 것을

오늘
네 이름의 한 귀퉁이가 부셔져 내리는 소리를
듣는다

목어를 치다

파도를 보려 밤바다엘 갔어요
맨발로 떠나온 시간에 다친
발굼치에선 피가 흘렀어요
파도 속에 발을 담그었어요
쓰리고 아팠어요

가여운 내 사랑 파도 속에서
벗겨진 맨살을 울었어요

들끓으며 터져 나오려는
낱말들의 비명
파도 속에
묻었어요
파도가 웅얼거리며 일렁이며
안단테 포르테
안단테 안단테
포르티시모

파도가 된 내가 부르는

3

꽃 속에
아버지가 계신다

리듬을 찾다

가파른 날엔
서쪽 하늘 노을이 유난히 붉었다

할아버지 상청은
늘 적막하고 고요했다.
손이 곱도록 숙제를 하다가
눈을 들어 바라보는
겨울 저녁놀이
팽팽하게 걸려 있었다

노을이 내 몸 속에 가라앉곤 하였다
노을이 된 내가 혈관을 따라
세상 끝까지 퍼져가며 듣는 소리
아, 잊고 있던 기억
엄마의 태반에 앉아 듣던
바로 그 소리

목련 꽃 피는 날

성당 입구 돌 접시엔 맑은 성수가
하늘을 품어 안고 있었다
쳐다보기도 아득한 첨탑 꼭대기엔
막 도착한 천사가 날개를 접고 있었다

미사포를 쓴 언니에게선
장미창에 피어 있는 꽃향기가 났다
스테인드 글래스로 채색된
원형 돔 창문에선 쌍 무지개가
그네를 타고 있었다.

'빈들에 내리는 단 비와 같이'*
올갠이 힘차게 건반을 누르자
소나기처럼 쏟아지는
아기 예수의 웃음소리

첨탑 꼭대기에 앉아 있던 천사가
언니 곁을 지나며
어린 내게 윙크를 날리고 있었다.

* 빈 들에 내리는 단 비와 같이--찬송가 가사중 일부

두꺼비를 찾습니다.

수풍거리* 청미천은 서늘했다.
흰 모래 사이사이로 수초가 흔들리고
발가벗은 사내아이들이 퐁당퐁당
물 속을 들락 거렸다

여자애들은 젖은 모래로
열심히 집을 지었다
왼손으로 솥뚜껑처럼 둥그스름하게
지붕을 만들고 그 위로
젖은 모래를 오른 손으로 그러모아
올리고 토닥거렸다
두껍아, 두껍아, 헌 집 줄게
새 집 다오
두꺼비 집을 지었다
촉촉한 모래가 왼 손과 오른 손 사이에서
따스해 질 때 까지 토닥였다
숨을 죽이고
왼 손을 빼내면 모래 이글루가
문을 열어 주었다

멀리서 자맥질 하는

사내애들의 알몸이
물보라 속에서 눈 부셨다

* 수풍거리--충북 음성군 감곡면 왕장리의 옛 마을이름

코스모스 흔들리는

어미가 새 시집을 가는 바람에
의붓 아비 눈치에
아기보기로 우리 집에 온 아이
간난이

집 검불 같은 머릿속엔 이와 서케가 버글거려
대문 앞에서 하이얀 DDT가루 뒤집어 쓰고
나뭇잎처럼 떨며
남루 속에
팔다리가 애처롭던 계집아이

돌 잽이 내 사내 동생을
등에 업고 아기 다리가
땅에 끌리도록
골목길에서
고무줄놀이를 하며
등에 매달린 아기를
연신 두 손으로 받쳐 올리던 아이
간난이

유주 열매 익는 오후

목이 말라
마루를 내려서니
세상에 하나밖에 없는
나무 신
나 잠든 아버지가 깎아 만드신
내 나무구두가
댓돌 위에서
허리를 구부리고 시중을 든다.

유주 알갱이가
찢어진 껍질 속에서
핏빛으로 붉은 오후였다.

꽃 속에 아버지가 계신다

고열에 들떠 이승과 저승을 넘나들던 내가
지상의 풍경으로 처음 만나는 것은
꽃과 칼이었다

머리맡 바가지 위엔
귀신도 벌 벌 떨 식칼이 놓여있고
이마엔 주사로 그린 반점이 찍혀 있었다

하나뿐인 딸이 허약해 쓰러질 때 마다
밝은 길 따라 세상으로 돌아오길
기다리는 길고 막막한 시간동안
한지에 고운 색을 먹이고
찰흙을 주물러 화분을 만들어
시들지 않는 꽃의 화엄(華嚴)으로
기도하시던 아버지

열에 들떠 앓다가 정신이 든 날

모든 꽃 속에
아버지의 기도가 가득 담겨져 있는 걸 보곤 했었다

세상에서 제일 무거운 편지

아궁이 신이 현신 하신 큰어머니의
살림 솜씨는 집안의 모범이었다
흰 도포자락을 날리며 나들이를 하시는
정갈한 할아버지 뒤엔
큰어머니의 섬세한 시중이 있었다
무쇠 솥 뚜껑은
언제나 반짝이며 매끈하였다.
입이 짧고 허약했던 나는
큰어머니가 밥을 짖히시는 불에 지은
달걀밥으로 기운을 회복하곤 하였다

고단하게 학교에서 돌아온 내게
눈가가 붉어진 엄마는
편지 한통을 내미셨다.
누우런 공책 장에
연필로 꼬옥 꼬옥 눌러 쓴 편지의
군데군데가 얼룩져 있었다
'동서 보게--'로 시작되는
큰 어머니 편지를
읽어 내리시던 내 엄마

시앗이 큰아버지를 붕어빵처럼 닮은

사내아이를 업고 당당히
마을 어귀를 들어서더라는
편지를 집어 든 어린 내 어깨도
어둠 속으로
기울어지고 기울어지곤 하였다.

칠성사이다가 마시고 싶은 날

분홍색 오간자 치마저고리를 입은
엄마 등 뒤로
만개한 벚꽃이 흩날린다

하늘에서 내려온 아기별들이
벚꽃 나무 사이에서 알전구로 빛나고 있었다

밤 벚꽃 아래
언듯 비치던 엄마의 흰 겨드랑이
풀밭 위로
벚꽃향기가 아찔하였다

칠성사이다 한 병을 홀짝 거리면
내 마음에도 북두칠성이
뜨고 있었다

별 볼 일 없는 일상
북극성도 안 보이는 흐린 날
마네의 풀밭 위의 점심*을
보러가서
봄날 풀밭 위에서 풀피리를 불던

엄마를 만났다

몹시
목이 말랐다

*풀밭위의 점심---마네의 그림

금줄

하이얀 소복 입은 우리 엄마 인왕산 말 바위를 타고
앉아있네
날렵한 흰 버선 사이로 하얀 속치마가 흰 갈기처럼 흔들리네
삼칠일 침묵하고, 삼칠일 목욕하고, 삼칠일 금식하더니
안개 자욱한 새벽
인왕산 말 바위 밑에 촛 불 켜놓고, 두 손 모아 간곡하게 절
하더니
말 바위 위에 선 엄마 하늘 향해 두 손을 크게 벌려
태초에서 불어오는 바람을 끌어 안더니
하얀 소복 말갈기처럼 날리며
말 바위 위에 엎드린다

인왕산 안개가 말 바위를 감싸 안는다

안개 거두어진 말 바위 위에 엄마 볼이 발그레하다
하얀 콧김을 거세게 내품으며 발을 구르는 말 바위
태모신이 힘차게 말 옆구리를 차고 있었네

산 아래 마을
숯과 고추를 매단 금줄
만국기처럼 흔들리고 있다

옹이 많은 나무도 아름답다

향기로운 부모가 되려거든
충청북도 음성군 감곡면 왕장리에 있는
감곡성당으로 가자

전쟁 중 인민군에게 일곱 번이나
맞은 총알 아직도 몸 안에 간직한 채
단아하고 단호하게, 우아하고 우직하게
성당을 지키고 계신 성모 마리아
마을 청년들을 모두 인민군으로
만들려고 성당 안에 가두어 놓고
총알받이로 내어보내려 할 때마다
어머니의 사랑과 향기로
기적을 이룬 곳

아무런 예고 없이 날아드는
세상의 탄환을 온 몸으로 받아
육신의 곳곳이 옹이가 져도
울지 않는다 쓰러지지 않는다

옹이 마다 향기를 만드는
어머니는 연금술사

나무야 겨울나무야

따스하고 든든한
엄마 등에서 바라보는 세상은
평화로웠다
실핏줄이 파르스름하게 내비치는
가늘고 긴 손가락을
덩굴처럼 내밀면
크고 부드러운 손으로 감싸 안고
세상을 보여주었다
체중미달에 병약하던 나도
세상은 웃음으로 환영해주는 줄 알았다

그때 나는
덩굴식물인줄 알았다

노오란 유주가 가슴을 열어
빠알간 제 속살을 뽐내고
나팔꽃 속에서 벌들이 트럼펫을 불던 여름날
엠블런스 소리 요란하게
골목길을 빠져 나갔다

내 삶의 베이스 캠프가 무너지고 있었다

깊은 계곡이 굉음을 내며 갈라지고 있었다
세상이 설치한 트랩에 걸려
통나무처럼 쓰러진 반신불수 엄마의
늘어난 나이테
엄마의 기근, 엄마의 폭풍, 엄마의 눈물이
내 손금으로 흘러들고 있었다

에밀레종을 치다

포기하라고 한다
기다릴 만큼 기다렸다고
세상의 처방으로 할 만큼 해보았다고
식물인간이 되어 누운 채
저만큼 버틴 것도
네 엄마니까 가능했다고
고개를 주억이고, 혀를 차고, 눈물을 글썽이고
붉은 립스틱 자국을 종이컵에 짙게 남기고
반지를 낀 손으로 손사래를 치다가 돌아가는
타인들

그들은 정말 모르는 것일까
식물도 느낀다 알아듣는다
식물의 말로 이야기 한다
짧은 방문 시간 동안
인간들이 쏟아놓은 독기에
어린 나도 휘청 거린다
엄마의 손을 두 손으로 잡고, 내 뺨을 대고
속삭인다 이젠 괜찮아 방문 시간 끝났어

문득

내 손에 떨림이 느껴진다
아카시아 향기 가득하던 둑방에서

풀피리를 불어주던 엄마의 그 리듬이
엄마 손을 타고 내 손으로, 내 몸 속으로 흘러든다
방 안에 아카시아 향기 가득하다
엄마가 불던 풀피리소리
온 방안에 퍼져나간다

길게 한 번, 두 번은 짧게

세월이 얼만데, 그만한 눈치도 없을까
섭섭해 하며 제대로 마중 하지 못하는
코뚜레의 임자들을 향해
길게 인사를 했다

트럭에 실려 가며 내다보는
낯선 마을에도 갈아 엎어야 할 논들이
겨울 햇살아래
엎드려 있겠지

코뚜레만 남기고 다음 생을 향해 가는
도살장엔 전구가 흔들리고
거대한 쇠망치가
정수리를 향해 달려오고 있었다

도살장 아랫마을에선
도축을 알리는 싸이렌 소리가
짧고 높게 두 번 울렸다

아직도 목로주점*에 앉아 있는

사춘기를 지난 후부터
그곳엔 가지 않았다

명동성당 옆 카톨릭 병원엔
말기 환자들을 돌보던
사촌 언니의 서늘한 눈매와
밝은 웃음과 하이얀 가운
너머로 선뜻 선뜻
천사의 날개를 느끼던 시절
명동성당 입구에 계시는
성모마리아 옆에 앉아 있으면
아늑하였다

사랑 없는 사람에게
머리채 잡히듯 시집간
언니
병역 기피자였던 남편이 잡혀간
시집에서 10남매의
종부로 매일 떡살 담그듯
검버섯이 얼룩진 채
눈물 글썽이던 언니

가시덩굴에 휘어 감긴 채
전신이 멍 자국인 언니

그 이후 나는
그곳에 가지 않았다
그 근처를 갈 일이 있어도
서둘러 바쁜 척했으며
에둘러 다녔다

30여 년이 지난 가을비 내리는 오후
어느 결혼식을 핑계 삼아
성당 입구 성모님께 들렸었다

스무 살의 상큼하던 언니가
날개를 접고
아기 예수를 안아 올리고 있었다

* 목로주점(Gervaise) : 여주인공 제르메즈의 몰락을 그린 Emile Zola
  의 소설

4

찔레 덤불에선
합창소리가 난다네

빈 의자가 충만하다

햇살 따스한 오후
고양이가 몸을 녹이며 조는 흔들의자를
지나던 바람이 슬쩍
밀어 주고 간다
한 낮이 되면
고양이 머물던 자리
햇살 비켜선 그림자가
비스듬히 누워
생각에 잠겨 있다

해질녘엔
자러 가는 바람이
그네를 탄다
밤이 와서
그네가
홀로 적막한데
일찍 나온
샛별이 은하수를 데불고
사뿐히
내려 앉는다

평범한 아침

금빛 햇살이 눈부시다
그 햇살 마중하러
피라미가 수직으로 튀어 오르는
아침

소금쟁이들이
수초 속으로 숨는다
플랑크톤들은 흔들리며
물비늘에 풍구질을 하고 있다

부레옥잠이
보랏빛 하늘을 열어 젖히고 있다

동백꽃 지는 날

두 무릎을 모아 세우고
두 손으로 무릎을 끌어 안고
가만히 머리를 무릎 사이로 꺽고
깊은 숨을 내 쉰다
바싹 마른 대추 열매 같은 젖꼭지
윤기 잃은 피부가
사막을 건너온 낙타 등처럼
힘겹다
오그라든 엉덩이엔 멍 자국이 아직도 선연하다.

폐병을 앓는 봄이
선혈을 토해내고 있다

상사화

삼천 개의 계단을 오르며 물지게를 지고 삼천 개의 항아리에 물을 채우는 나의 노동은 축복이다 삼천 개의 방마다 창문을 열어 맑은 공기를 갈아 넣는 일은 기쁨이다 삼천 개의 촛대에 햇살로 빚은 촛불을 밝히는 나의 기도는 환희다 축복이다.
육신의 바닥에서 배어나오는 땀을 씻어 낼 때마다 나는 점점 가벼워지고 있다
팔도 다리도 말라가고 있다
오르페우스도 구해오지 못한 너를 지상에 데려오는 일이라면 새벽부터 일몰까지 나의 노동은 가을에서 봄까지 나의 기도는 축복이다 기쁨이다 환희다.
칠월 칠석 은하수 깊어지고, 까치들이 자취를 감춘 날 네게 가리라 지하 삼천 계단을 지나 삼천 개의 강물을 건너 삼천 개의 지하 동굴을 지나 네게 가리라 머리도 육신도 모두 기화한 채 뛰는 심장 하나로 가리라 네게 가리라
장마가 잠시 멈칫한 어느 날
마당 한 켠에서 찬연하게 울려퍼지는 트럼펫소리

아지랑이

너를 잊으러 동안거에 들면서
나의 사계절은 겨울이었다
북풍 그 차가운 바람 속에 서서 기러기 편에 내 마음을 보내고
얼음 물 속에서 뼈의 뼈 속까지 씻어 내었다
빙벽을 오르고 오르며
네게 달려가고 싶던 그 발길마다 나무관세음을 새기었다
나의 사계절은 겨울에서 겨울로 이어졌으며
나의 동안거는 전 생애의 겨울잠이었다
잊었다고 믿었다
동안거를 끝낸 봄날 오후
눈부신 햇살 아래
지상의 들판 어디서나 아른거리는
고물거리며 아른아른 눈물겨운 아지랑이로 오고 있는 너
해토되는 내 육신 위로 고물고물 아른아른
눈물 나게 환장하게

폭설

너는 몰랐을거야
이마 위로 흘러내린 머리칼을 쓸어 넘겨주었을 때
네 눈썹위에 묻은 눈가루를 가만히 쓸어주었을 때
네 뺨을 스치고 귓불 뒤로 떨어지는 눈을 받아 내 뺨에 대어
볼 때에도

너는 몰랐을 거야
네 어깨 위로 흩어지는 눈을 보며
두 손을 마주잡고 하늘을 올려다 보았을 때에도

모든 길이 지워지고
하늘과 땅의 경계가 지워지고
너와 내가 지워지고

폭설이 된 우리가
세상 끝에서
나누는 입맞춤

찔레 덤불에선 합창소리가 난다네

찔레덤불이 노래한다네

겨울동안 철새들은
아주 작은 풀씨만 먹는다네
철새들은 찔레덤불 속에서
그레고리 챤트의 성가를 노래하는데
풀씨들이 들어 있는 조그만 철새의 모이주머니에선
은종소리가 난다네

분재

목이 말랐다
언제나
뿌리에서 우듬지까지
펴 나르는 물동이에
구멍이 나있던 것을 안 것은
오래 전이지만 희망을 버리진 않았다

굵은 철사 줄로 칭칭
온 몸이 묶인 채 동서남북
균형을 잡아야 했다

유난히도 목이 마른
깊은 밤 달도 없는 그믐밤
샘물을 찾으려
맨발로 대문 밖을 나서면
보드라운 맨발에
가죽구두가 신겨졌다
전족 구두

희미하게
떨었다

겨우겨우 숨을 쉴 순 있지만
땅 속에 뿌리내리지 못한
아름다워야 할 날들
시들어 갈뿐
늙어 갈뿐

두꺼비 짱구에 대한 기억. 1

짱구가 떠났다. 가을비 오는 새벽 떠났다 안개가 정원까지
내려와 짱구가 간 길을 지웠다
동안거에 든 것이다

짱구는 두꺼비 이름이다. 수련이 아직 잠에서 깨지 않은 8월
아래 어느 아침, 비비추와 원추리가 난만한 둔덕에서 홀연히
풀쩍 뛰어 나타났다

그리곤 우리 곁에서 머물렀다. 등허리에 예쁜 세로줄 무늬에
초롱한 까만 눈의 짱구는 머물 장소를 정한 듯 보였다 장작
을 쌓아둔 서재 입구에 야행성인 짱구는 밤마다 살충기로 모
여드는 나방이와 곤충들을 사냥하기에 좋았나보다호기심
많은 짱구는 달팽이 모양으로 생긴 전기톱에 커다란 관심을
보이더니 전기톱 사이의 공간에 앉아서 한나절을 보내기도
하였다 항아리 뚜껑에 수초를 띄우고 물을 담아 주었더니 그
속에 풍덩 몸을 담그고 사색에 잠기기도 하였다.

짱구와 의사소통을 시작 했다. 짱구가 보일 때 마다 이름을
불러 주었다 그러면 눈을 맞추고 쳐다보았다 도망가지 않았
다 살충기로 날아들어 기절해 있는 곤충들을 짱구 앞에 쏟

아주며 말을 건네면 짱구도 목울대를 발랑거리며 대답하였
다 짱구가 화답하는 것을 어떻게 아느냐구? 짱구가 내게 이
야기를 할 땐 내 피부 감각기관을 통해 미세한 전기가 흐르
는 느낌이 들고 나는 짱구의 말을 이해할 수 있었다

우리는 수시로 이야기를 나누었다. 짱구가 좋아 하는 곤충들
에 대해, 짱구가 머무는 장작더미 속의 편안함에 대해, 전기
톱을 좋아 하는 호기심에 관해, 장작더미 옆에서 피어나는
방아의 허브향기에 관해, 짱구 밥을 노리는 까치의 횡포에
대해, 밤마다 산을 지키는 소쩍새에 관해, 조심해야 할 밤 고
양이에 관해, 정원에 새로 피어나는 꽃들에 관해, 꽃을 찾아
오는 아름다운 나비와 벌들에 관해, 봄 동안 머물면서 키워
낸 새끼들과 먼 길 떠날 준비를 하며 날기 연습에 열중하는
새들에 관해, 텃밭이 키워 주는 상치, 아욱들에 관해, 열매를
밀어 올리는 유주와 푸른 꽈리에 어떻게 붉은 햇님이 새악시
방을 만드는 가에 대해, 미선나무의 푸른 열매가 석양의 보
랏빛 너울을 둘러 쓰는 시간에 관해, 우리 가족에 관해, 그리
고 날씨에 관해…

여름동안 우리의 화제 속에는 언제나 짱구가 있었다 정원에

서 차를 마시며, 정원을 찾아 온 곤충들을 보며 나는 짱구식
의 분류를 하고 있었다
짱구가 좋아 하는 곤충들과 짱구가 관심두지 않는 곤충들을

두꺼비 짱구에 대한 기억. 2

처서가 지나자 우리 집 정원은 오케스트라의 상설 무대가 되었다. 풀벌레들의 합주에 귀뚜라미가 호흡을 맞추고 있었다 발밑에선 풀 메뚜기가 푸르르 푸르르 날아 올랐다

꾀꼬리도 떠나고 파랑새도 떠났다 풀씨를 먹으며 추운 겨울을 견딜 새들이 속속 도착하고 있었다. 9월은 보랏빛 그리움의 얼굴이다 쑥부쟁이가 구름을 바라보고 있다 '가을엔 편지를 쓰겠어요'라는 노래 구절이 별똥별이 되어 마음의 변방으로 떨어지고 있다

나는 일상으로 돌아간다 새 학기가 시작되고 초롱한 까만 눈들이 강의실을 채우고 있었다

고단하게 집으로 돌아와 두꺼비 짱구가 머무는 서재 장작더미에 앞에서 두꺼비 짱구에게 이야기하곤 하였다
보이지 않는 짱구에게 이야기 하는 나는 마치 짝 사랑을 향해 독백하는 것처럼 보였으리라
그러나 나도 짱구도 알고 있다. 우린 이미 서로에게 의미가 되어 있음을

가을 가뭄이라고 걱정하던 농부들의 마음을 알았는지, 추석

이 지나고 세찬 비가 연 사흘 동안 쏟아 졌다 비가 오는 동안 살충기에 벌레나 곤충들도 모여들지 않았다 온도가 급격하게 내려가 쉐터를 입어야 했으며 실내 온도를 높여야 했다 걱정이 되었다 비오는 동안 미동도 하지 않던 짱구는 배가 고팠으리라 갑작스런 온도 변화에 대처하기 어려울거란 생각에 조바심이 났다

짱구를 위해서 내가 무엇을 할 수 있을 까? 뭐든지 할 수 있었다 짱구를 위해서 장갑을 끼고 삽을 들었다. 짱구가 좋아하는 지렁이를 찾아나섰다. 배롱나무 밑, 불당나무 옆, 수국 근처, 쑥부쟁이 뿌리도 들쳐보고, 인동덩굴 밑, 단풍나무 아래, 대나무 아래, 장미덩굴 옆에, 목련 아래, 산 목련 옆 찔레 덩굴아래, 매화나무 아래, 밤나무 아래, 둔덕 아래, 하수도 옆,…

지렁이, 한 번도 가까이서 관찰한 적이 없는 관심을 가져 본 적도 없는 한 번도 따스한 마음을 주어 본 적이 없는 생명이 하나의 '의미'가 되고 있었다.

배롱나무 붉은 말씀

젖지 않는 마음 하나
갖게 하소서

계단을 오르다 넘어져도
부끄러워
아픈 것보다
주위를 두리번거리며
남을 의식 하였어요

비오는 밤
화롯불처럼 뜨거운 마음
어쩌질 못해
화롯불에 투신하는 눈송이처럼
불꽃을 끌어안고
기화하고 싶었어요
젖지 않는 마음 하나
갖게 하소서

8년 동안 벽에 몸을 기대지 않고
장좌불와 하시던 분* 앞에
80분도 견디지 못하고

기댈 벽이 아쉬운 오늘

제 정원에

붉은 말씀 심어놓고

젖지 않는 마음 하나

얻으려

매일 매일 물을 줍니다

* 성철스님

허난설헌을 품다

찔레향기 아득한
봄도 마다했다
푸르다 못해 섬뜩한 초록의 이파리들이
산 속의 길을 지우는
여름도 마다했다

아직 봄도 이른 언 땅 위에
제 몸 하나로
오로지 제 몸 속에서만
뽑아 올린 열정으로
추운 세상에
마음 들킨
매화 한 송이

매화꽃 피는 아침

가슴이 아프구나

뉘 입을지 모르는
천을 짜느라
네 시간과 열정을 갉아먹고 있는
베틀을 생각하면

오빠
오늘 아침
오라버니 계신 곳으로 날아가는
프로메테우스의 살찐
독수리를
보았습니다
강녕하소서

난설헌의 뒤울안에
매화 한 송이 눈뜨고 있다

옹알이

바람이 실어오는
모래 소리를
듣고 싶다

모래가 모래끼리
몸을 부비며
모래가 모래끼리
바람을 나르며
바람이 전하는
원시의 언어로
노래하고 싶다

처음
말을 배우는 아이처럼
바람의 말을 배우고 싶다
바람의 노래를 품은
모래알의 소리로
기도하고 싶다

고해 성사

코페르니쿠스 신부님*
왜 저는 신부님의 말씀을
귀담아 듣지 않았을 까요
아님 듣고 싶지 않았던 건 아닐까요

전 제가 딛고 있는 이 지구
그러니까, 사랑하는 사람들은
언제나 제 곁에 있을 것이고
태양은 지구를 위해 때맞추어 등불을 켜고
길을 묻는 자의 등대가 되는 북두칠성도
반석 같은 지구 위에서 살아 가는
저를 위해 존재한다고 믿었답니다

지구에 두 발을 딛고
모든 삶을 올 인한 제게
지구는 더 이상 태양계의 중심도 아니고
자전과 공전 속에서 조금은 비뚤하게 기운 채
무수한 태양계 중에 하나일 뿐이라는
그 말씀 믿고 싶지 않았던 어리석음을
용서하세요

수백만 광년 전에 우주를 떠나
잠 못 드는 밤 무심히 올려다보는 나와
눈물겨운 만남 앞에서,
내가 잠든 밤에도 저 아득한 우주에선 별들이 태어나고
생명을 다한 별들이
변방으로, 우주의 불모지로 스스로
떠나는 태양계의 순환 앞에서
저는 무지하고 어린 즘생* 일 뿐입니다

제 눈물과 열정과 사랑을 거름삼아 성장한 별들은
이제 제 우주를 만들며 자신의 태양계를 형성하느라
바쁜 날들을 보내고 있답니다
전 오늘도 지구의 변방에 남아
떠나간 별들에게 안부를 묻습니다

지구는 여전하단다
코페르니쿠스 신부님과
향기로운 차를 나눈 오늘

코페르니쿠스 신부님께선

보속(補贖)을 주시느라 바쁘시단다

* 코페르니쿠스 신부-- 1541년 지동설을 주장하신 분
*즘생--짐승의 사투리

5
혼자서도 이렇게

혼자 서도 이렇게

철새들이 떠나간
강가엔
겨울 철새 발자국 어지럽다

혹독한 곳으로 더욱 혹독한
얼음을 찾아
철새는 떠나고

철새 발자국을
지우며

언 강물이 저 혼자
몸을 풀고 있다

힘겨운 날에

천 개의 달이
천 개의 강물 위로
떠 오르는 날
네게로 가고 싶다

천 개의 달이 청사초롱 내다 걸고
천 개의 강물이
일제히 일어서
후우 후우
노래하는 그날

천 개의 달 속에서
너와 손 잡고

강물이 되어
흐르고 싶다

손 시린 날

시간을 베고 지나간 자리
흐린 하늘 아래
바람이 지난다
앙상한 나뭇가지들이
흔들린다

혼자
베어 가야할 시간의 벌판에
해가 지고 있다

구부린 허리 너머
노동이
램프를 켜고 있다

위경련

좋아 하지도 않는 음식을
맛 없게 먹으며
그래도 허기는 채울 수 있으니까
위로 아닌 위로를 해도
소화기관이
내 의지를 따를지 자신이 없다

설경설경 씹어서 넘기니
목에 걸리고 구불텅구불텅
비포장 도로를 달리는
삼륜차 소리를 낸다
손으로 가슴을 두드리며
찬 물을 벌컥벌컥 들이키곤
책상 앞에서
사는 일에 진을 뺐다

고단한 하루를 소파에 걸쳐두고
잠간 졸았나보다
지진이 난 걸까
소파에서 굴러 떨어져
데굴데굴 굴렀다

내 안의 장기들이
예리한 날을 세우고
슬픔을
채칼로 썰고 있었다

평계를 대다

마음을 다치고
헬스를 시작하다
신체가 건강하면
마음도 강건해 지려나

웬걸
이틀도 지나지 않아
심장부분 가슴을 다쳤다
괜찮으런 했건만
숨도 쉬기 어려울 만큼 통증이 온다
엑스레이 나타난
나의 뼈
심장을 감싼 뼈들도
쓸쓸했을까
아팠을까

화면 가득한 뼈들이
미세한 균열을 내며
비명을 지르고 있었다
왈칵 눈물이
쏟아졌다

아플 것이다
오래

취급주의

창고세일에 진열되어 있다고
막 다루어선
안 된답니다

창고세일이라고
싸구려나 헌 것만 있다고
생각하지 마세요
할머니의 할머니 적부터
애지중지 하던 것이예요
할머니의 할머니 적에는
너무나 귀해서
진열장에만 놓아두었다가
유품으로 물려받은 할머니는
할머니의 할머니가
그리울 때에만
가슴에 품어 보던 거예요

그 할머니가
소중하게 간직하던 걸
손자의 손자의 그 손자는
저보다 더

마음이 가난한 이들을 위해
기증한 것이랍니다
할머니의 할머니의 어머니만큼
소중하게 품어 줄
사람 나타날 때 까지

취급주의!

울지마, 얼지마, 죽지마

청소라니요
쓰레기도 흙덩어리도
잡초도 아닌데
청소의 대상이라니요

떠도는 유민이 되어
두만강을 건너며
흘린 눈물
조국이 닦아줄 때까지
다신 울지 않기로
다짐 했었답니다
러시아 북풍 몰아치는
영하의 동토에서
손과 발 그리고
마음까지 얼어들어 오는
버려진 땅에서
얼음 구덩이를 파고
꿈을 심었답니다

좋은 일도 있었지요
움막에서도 아이들은 잘 자라고

서로서로 끌어안고
목숨에 온기를 나누었답니다
그렇게, 할머니의 할머니가 묻힌
얼음 세상에 마늘 싹이
파아랗게 희망처럼 돋아나는데

'철거예정지' 말뚝이
비수가 되어 내려치고 있다

비명

주머니에서
푸른 수염을 꺼내어 보며
말없이 그가
집을 비울 땐
다락방은 언제나 잠겨 있었다

안개 낀 새벽
안개 속으로 사라지다
별도 없는 그믐 밤
말없이
돌아와선
혼자 시간을 보내는
다락방

다락방에 있던
커다란 가방을
정원 한 쪽에서
정리할 때

입을 틀어 막힌
오늘이
부서지고 있다

바오밥 나무 아래서 장자와 차를

중요한 건
살아남는 거야 살아서
전설이 되는 거야

숨이 턱턱 막히는 대낮의 진저리와
온 몸이 얼어붙는 영하의 밤
모든 지형을 단숨에 바꾸어 버리는
사막은
변덕스럽고 야멸찼다
잔인하고 이기적인
인간 사막에서 살아남으려면
사막이 되던가
사막을 밟고 일어서는 것 뿐

인간 사막에 비어져 나온 칼날에 다치지 않으려면
누에고치보다 단단하고
거미줄보다 탄력 있는 조끼를 짜야 해
늘 변덕스런 지반 위에서
발가락 마다 피멍이 들도록 버티는 거야

바람 가득한 사막

갈색 모래바다 위에 돌기둥 하나 서있다
거대한 돌기둥
홀로 고적하다
나무라고 하기엔 배흘림기둥의 모양이
코끼리를 삼킨 보아구렁이 같기도 하고
거대한 몸통 위로 비어져 나온 잎파리는
아프리카 원주민의 고수머리 모양새다
너무나도 괴이한 모습은
신의 실패작이라고 수군거리는 소리가
전갈이 되어 모래바람 속에 꼬리를 든다

노안

한 치 발밑이 어두워
수시로
넘어지고 상처로 아파도
천리 밖
네 모습은 환하다

이명

무적의 낙하산 부대원들이
뛰어 내리고 있다

고공 낙하하며
펼치는
수 천 개의 낙하산

네가 와서 문을 두드리면

우리 집 뒷산에는
탁발스님 사신다
내 놓을 것 많은 곳은 눈길 한 번 안 주고는
잔가지를 덜어내고 둥치만 견디는
빈 나무 가지에 아침 햇살이 가득
기억의 무늬로 일렁이는 시간
고개를 앞뒤로 흔들며
딱 따그르르 딱 따그르르
딱따구리 한 마리 탁발하는 소리가
나무와 나무사이를 가득 채운다
차를 마시며 듣는 금강경 독송소리에
내 귀가 밝아진다

6 해당화 붉거든

무명 석공의 노래

먼 바다가 이름이 없듯
지금 내 앞에 있는 너는 이름이 없다
너의 바다로 들어서면서
천수관음의 손을 내밀어
네 손을 잡자고 한다

잃을 것이 없기에 더욱 가득한 마음으로
너를 사랑 할 수 있으리
전생과 그 전생의 전생이
지구 탄생의 시대로 거슬러
너는 돌이 아니고 나는 인간이 아니었던
그 시절
그냥 무량한 시간 속에서
숨소리로 깨어 있을 때
우린 만난 적이 있으리

전생에서 아직 이르지 않은 시대로
흐르는 네 숨소리에
내 숨을 고른다
네 숨과 내 숨이 우주의 진자가 되어
금강의 바다로 잠수 한다

파도를 가르며
원종대사혜진탑비*를 등에 업은
돌 거북이
걸어 나오고 있다

* 고달사 원종대사혜진탑 귀부로 경기도 여주군 북내면 상교리에
  있는 보물 제6호

돌 거북

그대에게 가는 길은
멀다

꿈마다 바닷물이 밀려와
발밑을 적시건만
나는
떠나지 못 한다

돌아오라 돌아오라고
파도는 도돌이표를
모래 위에 찍고 있다

출렁이는 바다
그 먼 항해를 꿈꾸며

돌 속에 갇힌 채
천 년을
바람만 불어 가는
들판에서
핏빛 저녁놀을 맞고 있다

해당화 붉거든

해당화 향기가
바다 가득 넘치는 날
매물도를 지나 소매물도도 버리고
지도의 끝자락 등대섬으로 와다오
등대에 기대어 수평선 마음에 품고
지도를 버려다오
나침반도 버려다오

홀로 와다오
지도에 없는 곳
지도 밖 작은 섬
네 마음의 길을 따라
해당화 향기 따라 와다오
수평선 위로 마악 솟아 오르는
보름달이 금빛 파도로 길을
열어주는 곳

지도에 없는 곳
지도 밖 그 곳에서
해당화 붉은 마음 되어

널 기다리겠다

내 사랑, 매기같이

간이역마다 들리는
완행열차를 타고
돌아가고 싶다

레일 따라 달리는
완행열차 밖으로
흐르는 풍경을
바라보고 싶다
갇힌 레일 위로 앞만 보고
질주하던 시간의 필름들이
툭툭 소리를 내며
부서져 내리고 있다

지나간 삶의
간이역 마다 들러
아팠던 시간들에게 손을 내밀고 싶다

마침내
고향 역에 내 마음의 열차가 서면
구둔역(九屯驛)* 같은
네가

긴 생머리의 네가
커다랗고 깊은 눈망울에
그렁그렁한 눈물 머금은
네가
고향 같은 모습으로
서 있었으면

* 구둔역--경기도 남양주시에 소재한 기차역으로 지어진 초기의 모습
  이 오늘날까지 그대로 보존되어 문화재로 지정된 간이역

아주 오래된 봄

꼬부랑 할머니가
옹알이로 말을 건네는 곳
구둔역 느티나무는
푸른 아기 손가락으로
빠이 빠이를 하고 있다

역무원은
보이지 않고
진돗개 한 마리
봄 햇살 아래
조을고 있다
가까이 다가가도
한쪽 눈만 지그시 떴다 다시 감는다

네게로 가는
기차는 아직 도착하지 않고
기찻길 옆 노오란 민들레
홀씨가
차표도 없이
떠나고 있다

수련

비스듬히 누어 꿈꾸는 듯
조으는 듯
보탑사 와불*
신발 벗고 가방 내려놓고
고운 모습 옆에 누워
매미소리 들으며
달디 단 낮잠 한번 자고 싶다

적막하던 가슴이
뜨끈해진다

공연히 부채질
부지런 떨며
발걸음을 돌려
삼층탑을 오른다
계단을 오르며
나무관세음을 반복해도
뜨거워진 마음자리가
속에서 들끓어
온 몸이 화끈 거린다

삼층을 모두 오르니
산을 넘어 온 바람이
쓸어 주신다

외로웠던 마음에
먹줄 하나
선연히 그어진다

* 보탑사--충북 진천군 진천읍 연곡리에 소재 사찰

울릉도에 온다면

울릉도는
동해바다의 배꼽이다
볼록 솟아오른 배꼽에
얼굴을 대면
심해의 숨소리가 들리곤 했다
엄마의 배꼽에 볼을 대고
끌어 안으면
엄마의 심장 소리를 따라
유년의 세상이 출렁거렸다

엄마는 내가 아플 때 마다
배꼽을 쓸어주며 주문을 외우셨다
엄마의 주문을 따라가다가
스르륵 잠이 들고
한 잠 자고 나면 아픈 것이 사라지곤 하였다

울릉도 나리분지 안에 서서
엄마의 엄마, 엄마의 엄마의 엄마의 배꼽이
나의 배꼽에 들어 있음을 알겠다

세상살이에 다치고 아픈 네가

문득
엄마가 쓸어주던 배꼽 주문이 그립다면
울릉도 나리분지로 오라
배꼽을 쓸어 주며
어릴 적 주문을 외워주고 싶다
스르륵 잠들어
아픈 마음 나을 수 있도록

나리분지 처녀봉 아래서*

허허로운 바람 아래
가장 먼저 일출을 맞이하고
가장 먼저 별들과 눈 맞추는
나리분지 처녀 하나
누워있다
단아한 이마, 오뚝한 코
무심한 듯 사알짝 벌어진 두 입술
적지도 크지도 않은 가슴 위로
태평양을 건너온 바람이 스쳐간다
나리분지
이마가 서늘하다

오늘도
번뇌에 갇힌 인간들이
나리분지로 모여 들고 있다
나리 꽃, 나리 잎파리 뜯어 먹고도
자식을 키우고 살았던
나리분지 사람들이
씨앗 껍데기로 빚은
술 한 잔에 넉넉해져
천수관음의 한 쪽 손이라도 잡은 듯

세상의 껍데기가 되지 않으려
버둥거리던 마음 내려놓고
천수관음의 품 속 같은
나리분지 안에서
잠시
세상을 덜어내고 있다

* 나리분지--울릉도에 있는 화산 분지

낙화암에서 스님과 차를

삼칠일을 금식하고
삼 천 배를 마치고 나도
내 몸과 마음에는 아무런
변화도 일어나지 않았다

언제일까요?

백마 장강 속에 살고 있는 이무기가 승천 하는 날
이 몸 보시하여
용 오름 보고 싶어요

스님의 미소
자욱한 새벽 안개 속에서
내 어깨를 토닥여 준다
안개 걷힌 백마강은
고요하다

흰 무명치마를 닮은
꽃잎 들만
강물 위에서 흰 구름을 띄워 보내고 있다

위험하니까, 사랑하니까

해맞이 공원*에 당도하였을 때에
해는 벌써 중천에
높게 떠 있었다
해맞이 공원 벼랑에서
바라보는 수평선은
고요하다 오늘의 기상 예보는 쾌청

공원스피커에선
'위험 하니까, 사랑하니까,
네 곁을 떠나주겠다'고
절규하듯 노래가 흘러나오고 있다

나를 막아선
부모를 버리고, 고향도 버리고
미친 듯 몰약을 마시고 주문을 외우며
따라 나선 인간의 길은
차마고도의 벼랑과 오체투지의 순례였다

나 이제 신발 벗어 던지고
제일 먼저 해를 맞으러
태평양 저 너머로

헤엄쳐 가고 싶다
물거품이 된 인어공주처럼

오늘도
세상의 해맞이 공원 절벽에서
해뜨기를 기다리는 연인들에게
가수 임재범이 목쉰 소리로 속삭인다

너에게서 떠나가라고
위험 하니까, 사랑하니까.

* 해맞이 공원: 경북 포항시 남구 대보면 해안도로변에 위치한 공원

아주 오래된 약속

벚꽃 그늘 아래서
네 편지를 읽고 싶다
벚꽃 향기 아래서
열 여섯의 마음으로
네 편지를 읽고 싶다
벚꽃 그림자 아른 거리는
그 행간 사이로
언뜻 네 모습이
스민다
늑골 밑이 아리다

메마른 마음에
마중물
한 바가지 쏟아 진다
벚꽃이 쏟아져 내린다
꽃비에 흠뻑 젖는다
뿌리가
후끈해 진다

끝내 펴 보지 못 했던
아주 오래된

약속의 말
벚꽃마다
꽃 등불이 환하게 켜 있다.

언제 까지나
너의 남자라는 그 말

소망

하이얀 연꽃 한 송이
가슴에 품고
꿈길 길목마다
서 있는 너에게
꽃잎에서 길어 올린
그리움으로 우려 낸
백련차를
함께 나누어 마시고 싶었다

하이얀 연꽃 향기로
너와 내가
하나가 되어
꿈길 길목마다
꽃등불을 켜고 싶었다

오늘
돌 박물관*에서
연꽃 한 송이를 가슴에
품고
이별 없는 세상을 꿈꾸는
망부석을 만났다

꽃잎만큼 이별 가득한 이승에서

내 안에

망부석 하나 세워본다

* 돌 박물관: 경기도 용인시 양재면 소재 박물관, 각종 돌조각품을 수
　장하고 있음

동행

두물 머리*에 오면
알게 되지
너와 내가
어떻게 우리가 되어야 하는 가를

두물 머리에 오면
알게 되지
너와 내가 거쳐 온 산맥들의
지적도를 제시하지 않아도 된다는 걸

두물 머리에 오면
알게 되지
먼 길 돌아온 너와 나
고단한 어깨를 맞대고
두 손을 꼬옥 잡고
한 오십 년 살아
아무렇지도 않고 예쁠 것도 없는**
늙은 부부처럼
강가에 앉아
저녁 놀을 바라보는 시간

남한강과 북한강이 몸을 풀고 있는 걸

* 두물머리--양수리라고하며 남한강과 북한강이 만나 한강으로 하나
  되어 흐른다
** 정지용의 시 "향수"의 한 구절

잠 못 이루는 천 개의 밤을 위해

오세요
거제도 몽돌 해변 가로
도무지 기막혀 잠 못드는 당신
몽돌 해변 가로 밤 산책을 오세요
가슴에 얹혀 있는 주먹만한
당신의 몽돌 꺼내어 해변에
내려놓아 주세요
그리고
가만히 앉아서 밤바다에
귀 기울여 주세요
북극을 떠나 지구를 돌며
당신처럼
마음에, 가슴에, 영혼에 얹힌 말들을
물너울로 받아
긴 이야기를 만든 밤바다가
당신에게 밀려 올 거예요

별빛 베일로 얼굴을 다소곳이 가리우고
달빛 물비늘로 몸을 감싸고
조용히 다가와
당신 곁에 앉을 거예요 그리고

기다릴 거예요
당신이 당신의 몽돌을 내려놓으면
그 몽돌을 쓰다듬으며
기막히던 것
가슴 아프던 것
말문이 막히던 것
몸 구석구석을 휘저으며
늑골을 치받던 사연을 보듬어 줄 거예요
어깨를 기대고 조용히 숨을 고르며 조용조용
이야기를 시작할 거예요

거제도 몽돌 해변에는
잠 못 이루던 천 개의 이야기들이 동그랗게 둘러 앉아
천일야화를 써 내리고 있답니다

화성(華城)*을 꿈꾸다

부정하라
부정하라
아버지를 부정하라
적들의 혀가
독사처럼
발 뒷꿈치를 물고 늘어진다
아버지를 죽이고
아버지의 피를 마시고
역사는 만들어 진다고
속삭이는 적들의 이빨이
발 뒷꿈치에 깊이 박힌다
독이 퍼진
이 발을 잘라
적의 배를 채우더라도
견디리라
살아남으리라
아버지
원수를 사랑 하라시던
아버지
나의 아버지
나도 적들처럼 되지 않으려

내 안의 원수들
내 안의 적들도
끌어안는

화성 (華城)하나 지으렵니다

* 화성--정조가 아버지 사도세자에 대한 효심과 화합. 실학정신, 백
   성의 행복을 기원하는 마음을 담아 쌓은 성곽이름

자운영 향기는 바람에 날리고

전라남도 강진군 장흥에 닻을 내린
남편의 40년 지기 소설가 부부가
홍시처럼 달디 단 웃음으로
감나무아래서 두 손을 잡는다
해산토굴* 석가래 위로 가을 바람이
돌아 나가고

40여 년 소설가의 아내로
붉은 마음 하나로 보리 고개를 견디던 시절
장마 지고 둑 터지듯
막아도 막아도 흘러 나오던 눈물
맨 손으로 훔쳐 주며
감자를 삶아 견디던 여름
무탈하게 무럭무럭 자라주던 아이들이 내밀던
대추 열매같던 기쁨으로 웃어보기도 하던 가을
늘 시린 손으로
글 쓰는 예술가의 방구들을 살피던 겨울

진한 남도 아리랑 한 판에
무릎 장단으로 차를 마시는 데
속 눈썹 짙은 서늘한 눈매에

아직도 순정한 얼굴로 눈 가에 이슬 맺히는
예술가 아내의 까슬한 손에서 피어나는
자운영
자운영 가득하던 벌판에
자운영 향기로 모종한 소설가의 나락이
황금물결을 이루고 있었다

* 해산토굴-- 소설가 한승원의 집필실 이름

집으로

돌아가리라 돌아가
어머니 무릎에 누워
빛나던 시간들을 추억하며
시간의 물동이에서 한 바가지씩 퍼 올려
어머니를 씻겨드리고
두 팔로 안아드리고 싶다

어머니의 젖을 먹으며
세상으로 기어나가던 시절
어머니의 두 손을 잡고
바로 서서 바라보던 세상은
얼마나 놀라웠던가
뒤도 돌아보지 않고
앞으로 달려가며 어머니를 잊었다

동쪽에서 떠오르는 해를 따라
푸른 시간을 채집하고
밤하늘의 별들이 백만 광년 전
길을 떠나 지상의 내 안으로
와 닿는 그 우주의 시간을
마음의 책갈피 마다 꽂아 두고

꿈 속에서도 시간을 퍼 올렸다

물동이엔 언제나 푸른 시간이 넘쳐 흘렀고
나의 우물은 깊었으며
맑고 시원 하였다

자식들의 비상을 위해
남은 수액 한 방울까지 쏟아 주곤
터진 피부 굽어진 등으로
나의 뿌리가 마를까 치마폭으로 덮고 계시던
어머니
내 꽃자리에서 눈 뜨는 열매를 위해
물동이를 퍼 날랐다
어머니처럼

노오랗게 여윈 생강나무 이파리 하나
둥글게 원을 그리며
흙 위로 떨어져 내리고 있다.

영원과 사랑을 위한 시편들

며 칠 전 이건청 교수가 나를 만나자더니 불쑥 봉투에 든 원고뭉치 하나를 건네주었다. 내가 누구의 것이냐고, 무엇 하라는 것이냐고 묻자 그는 그 특유의 어법으로 "그냥 한번 읽어 봐" 하더니 자리를 떠버렸다. "원 사람도⋯⋯⋯"하는 마음으로 집에 돌아온 나는 봉투를 뜯어보았다. 그러나 아, 원고뭉치의 표지에 적힌 시인의 이름 서대선, 바로 이교수의 부인이 아닌가.

사실 나는 지금까지 이건청 교수와 40여년 이상의 우정을 지속해 오고 있으나 아직 그의 부인이 시를 쓴다는 이야기를 들어본 적이 없다. 당연히 그녀의 작품을 접해본 적도 없다. 그런데 오늘 돌연히 이런 사태에 직면하게 된 것이다. 나는 한 편 한 편을 꼼꼼히 읽어보았다. 놀라웠다. 우선 그녀가 남 몰래 시를 써 왔다는 사실이 놀라웠고, 그 양이 한 두 편이 아니라 수백편이라는 사실이 놀라웠고, 작품의 수준이 또한 놀라웠다.

나는 즉시 이 교수에게 전화를 걸었다. "아니 이사람, 자네 부인이 시를 쓴다는 사실을 왜 지금까지 숨겨왔는가." 그런데 책망 비슷한 내 질문에 그의 대답이 걸작이었다. "응 나도 몰랐어. 며칠 전 우연히 아내의 컴퓨터 하드에 저장된 것을 발견했는데 아까운 것 같아 자네더러 한번 읽어 보라는 것이야. 자네가 좋다면 어디서 시집으로 출판을 한번 해볼까 해". 내가 시집을 내기 전에 우선 등단과정부터 거치는 것이 어떤가 하고 제의하자 이 교수는 손사래를 치듯 겸양하더니 "마침 올해 아내가 환갑을 맞게 되는데 이를 기념하는 의미로 시집이나 한권 묶을 수 있다면 다행"이라는 것이다. 이것이 이 시집을 간행하게 된 전말이다.

그렇다. 이제 보니 서대선 씨도 환갑의 나이에 접어든 것이다. 나는 문득 기억을 거슬러 40여 년 전을 회상해보았다. 그 무렵 이건청 교수는 한양공고 교사였고 나는 보성여자고등학교 교사였다. 같은 스승 밑에서 보내던 동갑나기 문청시절이었던 까닭에 우리는 자주 만났었다. 그런데 어느 날이던가 이 교수 옆에 어떤 앳띤 여대생 타입의 여성하나가 종종거리며 따라붙고 있었다. 얼굴의 윤곽이 뚜렷하고 특히 눈이 서글서글하게 큰 미모의 아가씨였다. 후에 나는 이 교수에게 그녀가 누구인지를 캐물었다. 그러자 그의 말이 그녀는 한양공고에 교생실습을 나온 아가씨인데 자신은 지도교사일 뿐 둘 사이엔 아무런 관계가 없다고 극구 발뺌하는 것이었다.

후에 안 사실이지만 이 아가씨는 당시 한양대 교육과 졸업반 학생으로 졸업식에서는 한양대 전교 수석을 했고 이 무렵 그는 이 여학생과 열애에 빠진 상태였다. 이 여성이 바로 오늘의 이건청 교수의 부인, 서대선 씨였던 것이다.

아는 분은 알고 있듯 서대선 씨는 신구대학 교수이다. 특수교육학이 그의 전공이다. 그래서 언뜻 문학과 별 관계가 없는 것처럼 보인다. 그러나 내 자신도 새삼 이 시 원고들을 읽으면서 깨달은 바이지만, 지금 생각해보면 사실 그녀는 학창시절부터 문학에 대한 꿈을 가지고 있었던 듯싶다. 가령 서 교수가 교육학과에 재학 중 영문학을 부전공으로 선택했던 것은 우연은 아니었을 것이다. 이와 관련하여 내게도 문득 떠오르는 기억 하나, 내가 그 무렵 서 교수에게서 월트 휘트먼에 관한 문고판 영문 원서를 빌려보았던 것. 그 만이 아니다. 이 교수와의 오랜 우정으로 나는 가끔 그의 가족들과 야외 나들이를 하는 경우가 있었는데 지금 생각해보니 그 때마다 자연을 대하는 서 교수의 감수성이 보통 아니었던 것 같다. 문학에 대한 이 같은 잠재적 재능과 꿈이 서 교수로 하여금 시인 남편을 얻도록 하고 드디어 그 자신 시작에 임하게 된 동기를 부여하지 않았을까.

이 시집 『천년 후에 읽고 싶은 편지』에 수록된 시들은 한마디로 청정무구하면서도 아름답고, 사실적이면서도 감동적이고, 환상적이면서도 진실 된다. 그녀의 시들은 요란하거나 화려하거나 문제성을 지향하지 않는다. 특별한 기교나 센세이션날한 소재에 집착하지도 않는다. 그러면서도 인간 본연의 숨결과 인생론적 통찰이 곳곳에 배어 있다. 어떻게 사는 삶이 아름다운가, 어떻게 사는 삶이 영원한가, 어떻게 사는 삶이 행복한가 하는 문제는 이 시집 전편에 깔려 있는 화두이다. 그리하여 시인은 그 아름다움의 대상으로 자연을, 그 영원의 대상으로 사랑을, 그 행복의 대상으로 유년을 탐구하고 있다.

　폐병을 앓는 봄이
　선혈을 토해내고 있다. <동백꽃 지는 날>

　백만 광년 후에 도달할 전언
　널
　사랑해 <전보를 치다>

　첨탑 꼭대기에 앉아 있던 천사가
　언니 곁을 지나며
　어린 내게 윙크를 날리고 있다. <목련꽃 피는 날>

　이상 지적한 세 가지 정신적 지향을 대표하는 작품들의 마지막 결귀들을 인용해 보았다. 얼마나 절절하고 아름답고 감동적인가.

서 교수의 이번 시집 출간으로 이 교수는 가히 시의 가족을 일구어냈다고 할만하다. 아버지 이건청, 어머니 서대선, 딸 이수정이 모두 시인이고 아들 이해준은 몸짓으로 시를 쓰는 현대무용가이니 그렇지 아니한가. 이교수가 만년에 건설한 이 시의 왕국이 부디 인간 삶의 향상을 위한 이 시대의 보루가 되어주기를 바란다.

2009년 초봄

청강(聽江) 오 세영(吳 世榮)

천 년 후에 읽고 싶은 편지

지은이| 서대선

인쇄일| 초판1쇄 2009년 4월 1일
발행일| 초판1쇄 2009년 4월 6일
펴낸이| 정구형
총괄| 박지연
편집| 강정수 이원석
디자인| 김숙희
마케팅| 정찬용
관리| 한미애 이은미
펴낸곳| 새미
　　　　등록일 2005' 03 15' 제17-423호
　　　　서울시 강동구 성내동 447-11 현영빌딩 2층
　　　　Tel 442-4623 Fax 442-4625
　　　　www.kookhak.co.kr
　　　　kookhak2001@hanmail.net

　ISBN| 978-89-5628-306-7 *93800
　가격|10,000원

＊저자와의 협의하에 인지는 생략합니다.
새미는 **국학자료원**의 자회사입니다.
잘못된 책은 구입하신 곳에서 교환하여 드립니다.